Somos iguales

Lawrence Schimel
Ann De Bode

PANAMERICANA
E D I T O R I A L
Colombia • México • Perú

La mañana comenzó como de costumbre: con jugo de naranja, cereal y un banano. Kwame se sentó y vertió leche en su plato, pero justo cuando se llevó la primera cucharada a la boca, vio unas gafas sobre la mesa.
—¿De quién son esas gafas? —preguntó Kwame.

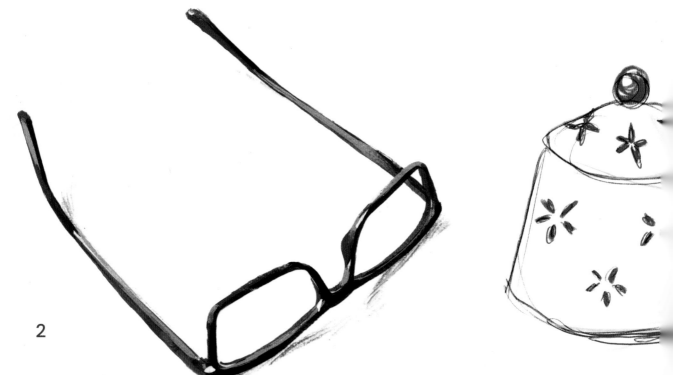

2

—Son mías —dijo el hermano
de Kwame, y tomó las gafas
y se las puso.

Kwame sumergió la cuchara de nuevo en el plato.

—¿Por qué Marten tiene gafas y yo no?

—Tú no necesitas gafas —dijo su madre—.
Tu visión es perfecta.

—Tú tienes gafas —dijo Kwame—,
Papá tiene gafas y Marten tiene
gafas. Yo soy el único que no tiene
gafas. ¡No es justo! ¡También quiero
tener gafas! ¡Ahora ustedes son
iguales y yo no, y todo el mundo
puede verlo!

—Sabes bien que eres igual a nosotros —dijo el padre de Kwame.

Sin embargo, Kwame ya no estaba tan seguro.

Quería tener gafas, más que cualquier otra cosa en el mundo. Las quería tanto que ya no pudo hablar más.

Marten quería burlarse, pero de pronto el papá de Kwame dijo en tono amable:

—¿Sabes qué, Kwame? Si quieres unas gafas, te compraremos unas gafas.

—Quiero unas gafas como las del resto de mi familia —dijo Kwame cuando llegaron a la tienda donde comprarían las gafas.

—Muy bien, jovencito. En primer lugar, vamos a ver cómo está tu visión —dijo el optómetra. Kwame pudo leer la tabla optométrica a la perfección, incluso las letras diminutas de la parte inferior.

—Eso fue fácil —dijo.

—No necesitas gafas para nada, jovencito —dijo el optómetra.

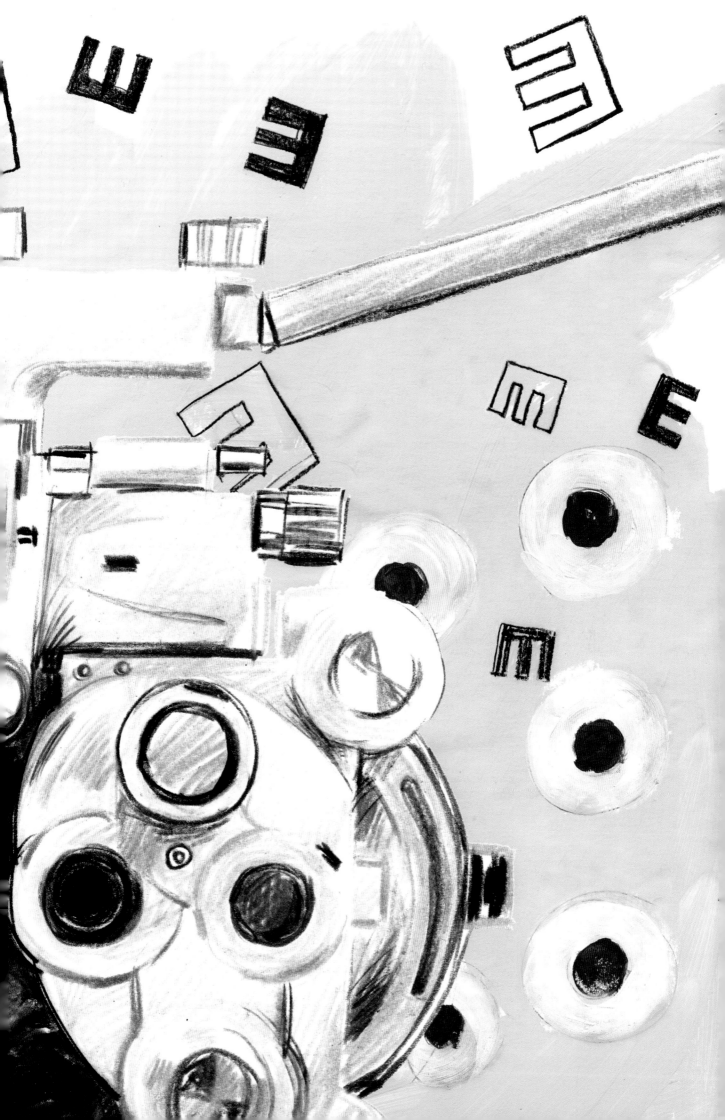

—¡Claro que sí! —insistió Kwame—. Quiero ser como ellos.

—El resto de tu familia no puede ver la tabla sin gafas. Por eso las necesitan. Tu visión es mejor que la de ellos —dijo el optómetra.

—No me importa —dijo Kwame—. Quiero tener gafas como ellos.

Kwame se probó distintas gafas.

Se probó unas que
se veían iguales a
las de su madre.

Otras que se veían iguales a las de su padre.

Otras más que se veían iguales a las de su hermano.

—No estoy seguro de cuáles me gustan
más —dijo Kwame.
—Tal vez debas comprar unas gafas
que expresen quién eres —dijo el
optómetra—, en lugar de probarte gafas
parecidas a las de los demás.
Entonces sacó otra bandeja de gafas
de colores brillantes del escritorio.

—¡Quiero esas!

Kwame llevó puestas sus gafas nuevas todo el día.
Las llevaba mientras leía un libro.

Las llevaba mientras
tomaba un baño.

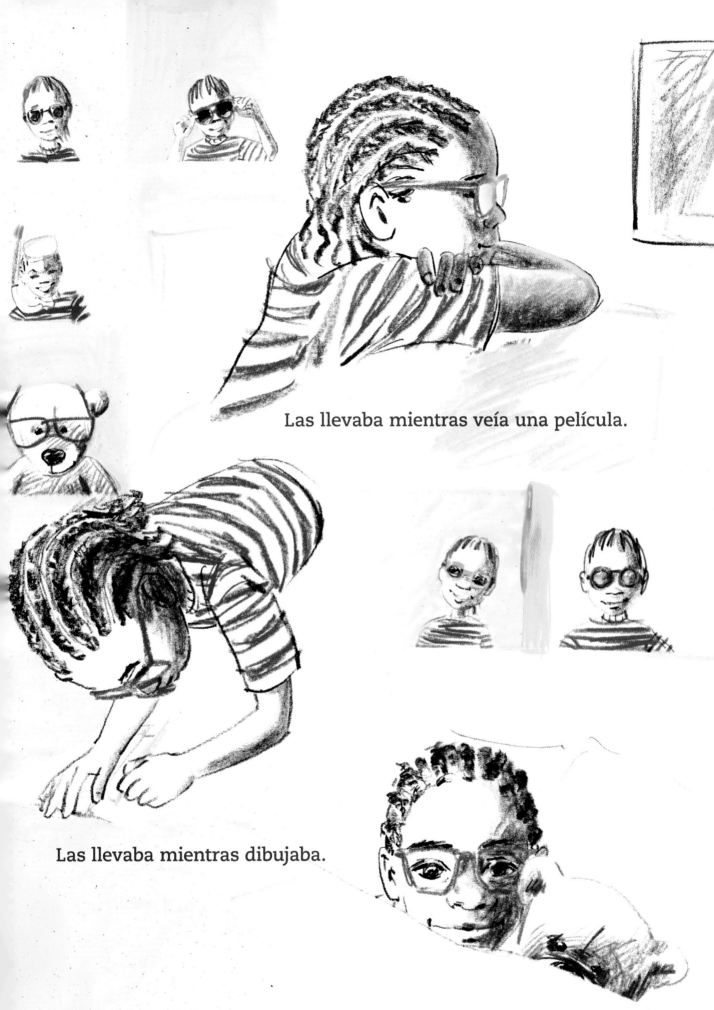

Las llevaba mientras veía una película.

Las llevaba mientras dibujaba.

Incluso las llevaba cuando se fue a la cama.

A la mañana siguiente, Kwame entró
a la cocina, pero no había nadie allí.
El desayuno estaba listo en la mesa,
pero nadie estaba comiendo.

—¿Dónde están todos? —preguntó
Kwame en voz alta.

—Aquí estamos —respondió
su madre.

—¿Qué le hicieron a su pelo? —preguntó Kwame.

—Tu pelo está trenzado —dijo Marten.

—Somos iguales —dijo el padre de Kwame.

—Sí —dijo Mamá—. Ahora todo el mundo puede verlo.

Schimel, Lawrence
    Somos iguales / Lawrence Schimel ; ilustradora Ann de
Bode ; traductora Gina Marcela Orozco Velázquez. -- Bogotá :
Panamericana Editorial, 2015.
    32 páginas : ilustraciones ; 30 cm.
    Título original : Wij horen bij elkaar
    ISBN 978-958-30-4958-3
    1. Cuentos infantiles belgas 2. Niños - Cuentos infantiles
3. Adopción - Cuentos infantiles I. Bode, Ann de, ilustradora
II. Orozco Velázquez, Gina Marcela, traductora III. Tít.
I843.91 cd 21 ed.
A1492790

    CEP-Banco de la República-Biblioteca Luis Ángel Arango

Primera edición en Panamericana Editorial Ltda.,
julio de 2015
Título original: *Wij horen bij elkaar*
© 2015 Uitgeverij De Eenhoorn, Vlasstraat 17,
B-8710 Wielsbeke (Bélgica)
© Textos Lawrence Schimel
© Ilustraciones Ann De Bode
© 2015 Panamericana Editorial Ltda.
Calle 12 No. 34-30
Tel.: (57 1) 3649000. fax: (57 1) 2373805
www.panamericanaeditorial.com
Bogotá D. C., Colombia

Editor
Panamericana Editorial Ltda.
Edición
Margarita Montenegro Villalba
Traducción
Gina Marcela Orozco
Diagramación
Once Creativo S.A.S.

ISBN 978-958-30-4958-3

Impreso por Panamericana Formas e Impresos S.A.
Calle 65 No. 95-28,
Tel.: (571) 4300355, fax: (571) 2763008
Bogotá D. C., Colombia
Quien solo actúa como impresor.
Impreso en Colombia - *Printed in Colombia*